UN CUENTO MAS
Sólo para ti

Los pingüinos
se ponen a pintar

por Valerie Tripp

ilustrado por Sandra Kalthoff Martin

versión en español de Lada Josefa Kratky

Producido por The Hampton-Brown Company, Inc.

CHILDRENS PRESS ®

CHICAGO

Copyright page

Library of Congress Cataloging-in-Publication Data

Tripp, Valerie, 1951-

  (Un cuento más sólo para ti)
  Traducción de: The penguins paint.
  Los pingüinos se ponen a pintar.
  Resumen: Los pingüinos se cansan de su mundo blanco
y negro y deciden hacer las cosas más alegres.
  [1. Pingüinos—Ficción. 2. Color—Ficción.
3. Cuentos en rima] I. Martin, Sandra Kalthoff, il.
PZ8.3.T698Pe 1987   [E]   87-14081
ISBN 0-516-31567-6 Library Bound
ISBN 0-516-51567-5 Paperbound

Blanco como el algodón
y negro como el carbón
era el mundo donde vivía
el pingüino juguetón.

Un día el pingüino,
buscando otro color,
lleva a su familia
a la tienda de Pablo Pintor.

—Compremos pintura
de un lindo color;
compremos el azul,
por favor.

En casa los pingüinos se ponen a pintar.

Azul como el cielo,
azul como el mar,
azul como las ballenas al pasar.

Pero el tío Pingüino quiere otro color.
Se dirige a la tienda de Pablo Pintor.

El verde es su color favorito,
así que decide comprar un poquito.

En casa los pingüinos se ponen a pintar.

Verde como el zacate,
verde como la lechuga,
verde como las algas del mar.

Pero la señora Pingüina quiere otro color.

Se dirige a la tienda de Pablo Pintor.
El amarillo es su color favorito,
así que decide comprar un poquito.

En casa los pingüinos se ponen a pintar.

Amarillo como el sol,
amarillo como la paja,
amarillo como un canario al cantar.

Pero la abuela Pingüina quiere otro color.
Se dirige a la tienda de Pablo Pintor.

El rojo es su color favorito,
así que decide comprar un poquito.

En casa los pingüinos se ponen a pintar.

Rojo como la fresa,

rojo como la rosa,

rojo como el cangrejo debajo del mar.

—¡Tantos colores
y de los mejores!

—Verde, amarillo, rojo y azul,
¡qué alegre se ve nuestro iglú!

—Pero, ¿qué más podemos pintar
para dar colorido a nuestro hogar?

—¡Yo sé, yo sé!
Pintaré algo vistoso . . .

. . . ¡un arco iris bien hermoso!